VICTOR THOMAS

FLORILÈGE

LE VILLAGE — MONTMARTRE — L'EXIL

« C'est grand'pitié qu'il convient que je soye
L'homme esgaré qui ne sçait où il va ! »

CHARLES D'ORLEANS.

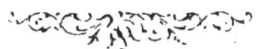

PARIS
BIBLIOTHÈQUE DE L'ASSOCIATION
13, Boulevard Montparnasse, 13

1899

VICTOR THOMAS

FLORILÈGE

LE VILLAGE — MONTMARTRE — L'EXIL

« C'est grand'pitié qu'il convient que je soye
L'homme esgaré qui ne sçait où il va ! »

CHARLES D'ORLEANS.

PARIS
BIBLIOTHÈQUE DE L'ASSOCIATION
13, Boulevard Montparnasse, 13

1899

TERZA LIMINAIRE

Dans le grand jardin de mes rêveries,
Pour que mon exil en soit adouci,
Je cueille au hasard ces rimes fleuries ;

Rimes de tristesse et de joie aussi...
Dans tous les pays, même ceux du Rêve,
Au pied du lilas éclôt le souci.

Elles chanteront la lande, la grève,
Le village triste et le bois profond,
Dont le souvenir me hante sans trêve ;

Elles pourront dire à ceux qui s'en vont
Chercher le bonheur dans la capitale
Quels regrets amers il y trouveront.

Car j'ai vu de près la ville où s'étale
Partout la splendeur d'un luxe pervers :
Ma vie a suivi la pente fatale ;

Et si je n'ai pas su dire en mes vers
Le dégoût secret dont mon âme est pleine,
C'est que j'ai gardé, malgré les revers,

Malgré l'injustice et malgré la haine,
Toute la vigueur d'un espoir viril
Et toute l'ardeur d'une foi sereine.

J'attends le retour du prochain avril ;
Mes illusions ne sont pas flétries,
Puisque j'ai cueilli ces rimes d'exil

Dans le grand jardin de mes rêveries.

Harlem, 4 Janvier 1899.

LE VILLAGE

« My heart's in the highland, my heart is not here,
My heart's in the highland, wherever I go ! »

ROBERT BURNS.

I

Celle que j'aimais quand j'avais quinze ans
  Etait une blonde aux airs de princesse ;
Son doux souvenir me trouble sans cesse,
Je revois toujours ses traits séduisants.

Ce fut un amour indéfinissable,
Mais il est passé, je n'y songe plus :
Mes regrets, d'ailleurs, seraient superflus,
Et j'écris ceci comme sur du sable.

Je n'y songe plus... Celle que j'aimais
Je voulais qu'elle eût pour nom Floriette :
Quel étrange amour, l'amour d'un poète !...
Mais il est passé, passé pour jamais !

Si vous vous rendez un jour au village,
Je suis sûr que vous la reconnaîtrez :
Elle a des yeux bleus, des cheveux dorés,
Et porte une fleur mauve à son corsage ;

Et ses jolis yeux ont tant de douceur,
Son front est si pur, sa voix est si tendre,
Que rien qu'à la voir, ou rien qu'à l'entendre,
Vous l'aimerez comme on aime une sœur.

Ne lui dites pas que je me rappelle
Le paisible étang, les vergers fleuris,
Et que j'ai voulu qu'on sache à Paris
Combien Floriette est rêveuse et belle.

Ne lui dites pas... Ne lui dites rien !
Je n'y songe plus, non, je vous l'assure...
Oh ! ces jolis yeux que le ciel azure !
Ce cœur, qui, peut-être, eût compris le mien !

Dix ans sont passés sur toutes ces choses,
Un amour plus fort a su m'arrêter ;
Pourquoi donc le vent vient-il m'apporter
Ce parfum lointain des anciennes roses ?...

Sourires charmeurs, regards séduisants,
Quels doux souvenirs me troublent sans cesse !...
Blonde paysanne aux airs de princesse,
Je t'aimais donc bien quand j'avais quinze ans !...

II

> « Nous n'irons plus au bois
> Les lauriers sont coupés,
> La bergère que voilà
> Ira les ramasser... »
> *(Ronde Villageoise).*

Les lauriers sont coupés, nous n'irons plus au bois ;
Mais, ces frêles rameaux tombés dans la fougère,
Vous les ramasserez ce soir, blonde bergère,
Et je veux pour cela baiser vos jolis doigts.

Vous les ramasserez ces lauriers dont les branches
Abritèrent souvent les plus tendres aveux,
Et je veux pour cela baiser vos longs cheveux
Où se meurt un bouquet de pâquerettes blanches ;

Ces lauriers qu'une main si brutale a frappés,
Vous les ramasserez comme on cueille des roses,
Et je veux pour cela baiser vos lèvres roses :
Ne quittons plus le bois, les lauriers sont coupés !

III

Je ne sais pas pourquoi je l'aime :
  Pour son regard ? Pour ses cheveux ?...
Je ne sais pas pourquoi je veux
La voir toujours, la voir quand même !

J'ai rimé pour elle un poème
Où j'ai pu glisser des aveux :
Elle n'a pas compris mes vœux,
Je cherche un nouveau stratagème ...

Ainsi, laissant fuir mes vingt ans,
Après avoir rêvé longtemps,
Après l'avoir longtemps suivie,

Doutant d'elle, doutant de moi,
Je passerai toute ma vie
A l'aimer sans savoir pourquoi.

IV

FLORIETTE.

Quand Floriette allait cueillir des fleurs, le soir,
Elle semblait plus belle encor sous sa mantille,
Et les vieux paysans la trouvaient si gentille
Qu'ils laissaient leur travail et sortaient pour la voir.

Elle passait toujours auprès du grand;lavoir
Où le Linon, pareil aux laveuses, babille,
Et tous ses amoureux s'y rendaient pour avoir
Le plaisir d'écouter chanter la jeune fille ;

2

Parfois c'était un air naïf du bon vieux temps,
Parfois aussi, surtout par les soirs de printemps,
Elle aimait à redire une ballade étrange ;

Et, pendant que sa voix troublait ses amoureux,
Les oiseaux étonnés se demandaient entre eux,
Si c'était une fée ou si c'était un ange...

V

UN NID.

Un nid caché sous une rose,
    Un tout petit nid de pinson !
C'est pour m'apprendre sa chanson
Que l'oiseau vint là, je suppose.

Dites-moi, n'eut-il pas raison ?
Est-il de plus charmante chose
Qu'un nid caché sous une rose,
Un tout petit nid de pinson ?

Joyeux chanteur, dans mon buisson
Que ta couvée en paix repose !
Ne t'inquiète pas, si j'ose
Regarder parfois sans façon
Ton nid caché sous une rose !

VI

SUR UN COLLIER D'OR.

Il est bien beau votre collier ;
  Mais j'aimais mieux la ruche blanche
Que vous mettiez chaque dimanche
Du temps que j'étais écolier ;

Vous étiez si jeune, si belle
Et si rieuse en ce temps-là !
Votre regard ensorcela
Plus d'un cœur, je me le rappelle !

Vous étiez plus grande que moi,
Mais j'adorais vos blondes tresses,
Et vos prunelles charmeresses
M'avaient alors rempli d'émoi ;

C'est qu'à douze ans j'étais poète,
A douze ans j'étais amoureux,
Et déjà, par les chemins creux,
Je rimais des vers en cachette ;

Comme ils étaient simples et doux,
Ces jeunes vers de mon enfance
Que je chantais dans le silence,
Et qui ne parlaient que de vous !

Aujourd'hui je n'ose plus même
Vous regarder quand vous passez :
Je reste là, les yeux baissés,
Sans pouvoir me dire : elle m'aime !

Car, hélas ! vous avez perdu
Votre regard plein de tendresse,
Et votre lèvre charmeresse
Est maintenant fruit défendu.

Vous voudriez. je le parie,
Un amoureux à votre goût,
Mettant la fortune avant tout
Et dédaignant la rêverie ;

Aussi votre ami l'écolier
N'ose frapper à votre porte :
Il souffre ; mais que vous importe ?
Vous avez un si beau collier !

LES ROSES D'ANTAN.

Les roses d'antan étaient bien plus belles,
    On les célébrait par tout l'univers ;
Ronsard leur offrait ses plus jolis vers,
Les rois s'inclinaient même devant elles.

Leurs feuilles étaient comme des dentelles,
Les grillons voyaient le ciel à travers :
Les roses d'antan étaient bien plus belles,
On les célébrait par tout l'univers.

Laissez-moi rêver sous les grands bois verts
Au temps des rondeaux et des villanelles :
Les hommes, jadis, étaient moins pervers,
Et, malgré l'attrait de vos fleurs nouvelles,
Les roses d'antan étaient bien plus belles !

VIII

ODETTE.

C'est la mignonne châtelaine :
  Huit ans à peine ; mais, déjà,
Sous ses cheveux bouclés, elle a
De jolis airs de souveraine.

L'exquise douceur de ses yeux
La fait paraître encor plus belle :
Elle a gardé dans sa prunelle
Comme un divin reflet des cieux.

Elle est la sœur des petits anges
Qui charment ses rêves dorés ;
Elle peut courir par les prés
Sans effaroucher les mésanges.

Elle est si gracieuse à voir
Que partout on l'aime, on l'admire,
Et qu'il lui suffit d'un sourire
Pour égayer tout le manoir.

O gente damoiselle Odette,
Puissiez-vous garder bien longtemps
Cette candeur de vos huit ans
Et ce parfum de violette !

Puissiez-vous toujours, sur nos cœurs,
Répandre vos trésors de joie,
Vous que le bon Dieu nous envoie
Afin de nous rendre meilleurs !

LE MARIAGE DE FLORIETTE.

C'est un joli matin d'automne,
    Malgré la neige qui moutonne
Le soleil sourit dans les cieux ;
On croirait qu'un vent de folie
A chassé la mélancolie
De tous les cœurs, de tous les yeux.

C'est Floriette qu'on marie !
Nommez-la Julie ou Marie,
Nommez-la comme vous voudrez :
Que ce soit Marie ou Julie,
C'est Floriette la jolie,
Floriette aux cheveux dorés.

Mais voyez donc comme elle est belle :
Son voile de blanche dentelle
Rehausse l'éclat de sa chair ;
On dirait, à la voir si rose,
Une rose mousseuse éclose
Dans la neige, malgré l'hiver !

De sa maison jusqu'à l'église,
Pour voir celui qui l'a conquise
Et surtout pour la contempler,
La foule encombre le passage :
On ne vit jamais le village
Aussi gaîment se rassembler.

Soyez heureuse, Floriette,
Que tous vos rêves de fillette
Se réalisent aujourd'hui ;
Et, puisque un mari vous adore,
Si vous pouvez aimer encore,
Que votre amour soit tout pour lui !...

**
* *

Mais la neige toujours moutonne
Et sous le ciel plus monotone,
En regardant ces flocons lourds,
Je songe aux pâquerettes blanches
Que nous effeuillions, les dimanches,
Et qui mentaient toujours, toujours...

X

AMOUR BANAL.

Il vous aimera, votre cher vainqueur,
  Il vous aimera d'un amour extrême ;
Pourtant vous n'aurez qu'un peu de lui-même :
Le Poète seul donne tout son cœur.

Jamais un reproche et jamais un blâme :
Il vous bercera de douces chansons ;
Mais vous n'aurez pas même de frissons :
Le Poète seul peut donner une âme ;

Et si la mort vient vous le prendre un jour,
Il vous quittera sans crier : « Je t'aime !... »
Faisant de sa mort un vivant Poème,
Le Poète seul peut mourir d'amour.

XI

Vous avez l'air d'une marquise,
    Et je suis resté paysan ;
Un châtelain vous a conquise :
Vous avez l'air d'une marquise :
Grand Dieu ! quelle toilette exquise,
Pour la fille d'un artisan ! ..
Vous avez l'air d'une marquise,
Et je suis resté paysan.

3

Et pourtant vous étiez plus belle,
Quand vous couriez par les vallons ;
Vous n'aviez pas tant de dentelle,
Et pourtant vous étiez plus belle !
Vous ne mettiez, je me rappelle,
Qu'un bleuet dans vos cheveux blonds,
Et pourtant vous étiez plus belle
Quand vous couriez par les vallons !

Vous sembliez surtout moins fière
Qu'avec vos robes de satin ;
Quand vous traversiez la bruyère
Vous sembliez surtout moins fière ;
Et toujours, sous votre paupière,
Brillait un sourire mutin ;
Vous sembliez surtout moins fière
Qu'avec vos robes de satin.

Parfois vous regrettez peut-être
Le temps de nos premiers baisers ;
Ce temps là ne doit plus renaître !
Parfois vous regrettez peut-être,
Accoudée à votre fenêtre,
Les cœurs que vous avez brisés ;
Parfois vous regrettez peut-être
Le temps de nos premiers baisers :

Et c'est là ce qui nous console,
Nous, vos « bons amis » d'autrefois :
La fortune est un bien frivole,
Et c'est là ce qui nous console !
Vous n'avez plus la gaîté folle
Qui nous charmait au fond des bois,
Et c'est là ce qui nous console,
Nous, vos « bons amis » d'autrefois.

L'AVEU.

Ils reviennent tous deux des vêpres du village ;
  Ils marchent lentement le long des frais sentiers,
Où tant de fois, jadis, durant des jours entiers
Ils jouèrent avec les enfants de leur âge.

Mais ce bon temps, hélas! est passé pour tous deux :
Ils sont bien vieux, bien vieux, et leur marche est si lente
Qu'une fourmi qui trouve obstacle à chaque plante,
Pourrait, sans se hâter, arriver avant eux.

Déjà l'heure s'avance, et, là-bas, sous les chênes,
L'ombre de plus en plus s'épaissit ; on croirait
Sentir naître au-dessus de l'immense forêt
La sereine clarté des étoiles prochaines.

Et les bons vieux s'en vont, s'en vont très lentement,
En causant des beaux jours dont ils ont souvenance ;
Ils s'en vont au milieu de l'ombre et du silence,
Sans lever leurs regards vers le bleu firmament.

Les églantiers fleuris courbent leurs tiges roses
Et les muguets ont des parfums ensorceleurs ;
Mais, qu'importe aux vieillards le charme de ces fleurs ?
Trop souvent n'ont-ils pas vu se flétrir les roses ?

Avant que les hivers aient blanchi leurs cheveux,
Tous deux se sont longtemps aimés sans se le dire ;
Mais s'ils ont échangé plus d'un tendre sourire,
Ils n'ont connu jamais la douceur des aveux.

Dans le calme des champs où l'âme se repose
Ils vivaient côte à côte et se trouvaient heureux ;
Mais l'amour, jusque là, n'avait pas lui pour eux :
Ils s'aimaient d'amitié sans comprendre autre chose.

Etaient-ils aussi froids quand ils avaient vingt ans?
Non, sans doute; mais lui partit un soir d'automne,
Sept ans il vécut loin de la lande bretonne,
Et leur naissant amour en souffrit pour longtemps.

Et maintenant qu'ils sont tous deux courbés par l'âge,
Maintenant qu'ils n'ont plus de flamme en leurs doux yeux,
Ils s'en vont pas à pas sous la splendeur des cieux :
Ils se comprennent mieux, s'aiment-ils davantage?...

Les étoiles sans nombre ont parsemé l'azur,
Jetant sur les taillis leur très douce lumière,
Et les bons vieux se sont assis dans la bruyère,
Tandis que tout se tait au fond du bois obscur ;

La Nature s'endort en un calme suprême,
Au loin les rossignols commencent leurs chansons,
Et, le cœur envahi par de vagues frissons,
Il se penche vers Elle en murmurant : « Je t'aime !... »

XIII

FLEUR DES LANDES.

Mon cœur est pareil à la fleur des landes,
   A la pauvre fleur dont nul n'a souci ;
Les enfants joyeux qui s'en vont par bandes
N'en voudraient pas même orner leurs guirlandes ;
Mon cœur se verra dédaigner ainsi,
Mon cœur, tout pareil à la fleur des landes !

J'ai vu s'entrouvrir les bruyères roses,
La brise de mai les faisait fleurir ;
Elles ont passé comme toutes choses :
Elles ont brillé, mais, à peine écloses,
Le brûlant soleil les a fait mourir...
J'ai vu se faner les bruyères roses !

J'ai vu s'entrouvrir les lavandes grêles,
Et j'ai contemplé leurs fraîches couleurs ;
Mais le vent du large a passé sur elles,
Et tout en berçant leurs tiges trop frêles
Il a fait mourir ces mignonnes fleurs...
J'ai vu se faner les lavandes grêles.

J'ai vu s'entrouvrir les genêts superbes
Dont les fleurs brillaient comme des rayons,
Mais les moissonneurs qui fauchent les herbes
Les ont arrachés pour lier leurs gerbes,
Et j'ai bien souffert, quand, par les sillons,
J'ai vu se faner les genêts superbes !

Mon cœur est pareil à la fleur des landes,
A la pauvre fleur dont nul n'a souci ;
Les enfants joyeux qui s'en vont par bandes
N'en voudraient pas même orner leurs guirlandes ;
Mon cœur se verra dédaigner ainsi,
Mon cœur, tout pareil à la fleur des landes !

VIEILLES CHANSONS

C'étaient de douces chansons,
  Les chansons des châtelaines ;
Elles hantent nos buissons
Et nos forêts en sont pleines ;

C'étaient des chansons d'amour :
Elles avaient tant de charmes
Que l'on eût dit tour à tour
Des sourires et des larmes ;

Elles s'accordaient, le soir,
Aux guitares des trouvères,
Et les grands murs du manoir
En paraissaient moins sévères.

On les entendait encor,
Pendant les chasses d'automne,
Se mêler au son du cor
Si triste, si monotone !

Plaintives comme le vent,
Au temps des guerres lointaines,
Elles célébraient souvent
Les hauts faits des capitaines ;

Et, pour fêter leur retour,
Les chansons mélodieuses,
Du haut de la vieille tour
S'envolaient toutes joyeuses !

O châtelaines d'antan,
Qu'êtes-vous donc devenues,
Vous qui rêviez en chantant
Par les longues avenues ?

Châtelaines, dont la voix
Etait si pure et si douce,
N'allez-vous donc plus aux bois
Quand les bois sont pleins de mousse ?

Non, c'est fini désormais !
Les châtelaines sont mortes,
Et leurs châteaux, pour jamais,
Hélas ! ont fermé leurs portes !

On ne doit plus les revoir
Ces heureux jours d'un autre âge,
Où la dame du manoir
Chantait les vers de son page.

Et pourtant ce soir j'entends
S'élever sous les ravines,
Au bord des calmes étangs,
Des voix fraîches et divines ;

L'air se remplit de frissons,
Tout s'émeut, forêts et plaines...
Ce sont les douces chansons,
Les chansons des châtelaines !

XV

POUR L'EXILÉE

Si tu revenais au village,
Que ton pauvre cœur souffrirait,
En passant près de la forêt
Où jadis tu cherchais l'ombrage !

Notre lande triste et sauvage
N'a plus pour toi le même attrait :
Si tu revenais au village
Que ton pauvre cœur souffrirait !

Fillette charmante et volage,
Tu partis sans aucun regret ;
Et pourtant, hélas ! on verrait
Tes beaux yeux se mouiller, je gage,
Si tu revenais au village.

XVI

RONDEL DE MAI.

Le mois de mai, le mois des roses,
    Est revenu, frais et charmeur;
Et l'on n'entend plus la clameur
Des hiboux dans les nuits moroses;

Les fillettes aux lèvres roses
Chaque soir vont chanter en chœur :
Le mois de mai, le mois des roses
Est revenu frais et charmeur.

4

Et j'assiste au réveil des choses
Froid comme un sceptique moqueur :
Tu n'as plus d'amour, ô mon cœur!
Tu voudrais maudire, et tu n'oses,
Le mois de mai, le mois des roses!

XVII

Le village est bien moins vivant
Depuis qu'elle s'en est allée :
Sa maison, si joyeuse avant,
        Semble désolée ;

Les enfants qui venaient, le soir,
Avec des bouquets de bruyère,
S'en vont tout tristement s'asseoir
        Sur les seuils de pierre ;

Mais les oiseaux chantent toujours,
Les jardins gardent leur parure,
Et, sur le deuil de nos amours,
    Sourit la Nature.

XVIII

FLEUR EFFEUILLÉE.

Les fleurs que l'on effeuille ont des parfums troublants.

Quand j'ai vu s'envoler tous ces pétales blancs
Que vous jettiez ce soir du haut de la fenêtre,
Un frisson de tristesse a traversé mon être ;
J'ai cueilli ces débris épars que votre main
Dédaigneuse semait sur le bord du chemin,
Et, poursuivi par des rêves mélancoliques,
J'ai promis de garder ces fragiles reliques.

Un jour, dans un album retrouvant cette fleur,
Je me rappellerai sa suave pâleur,
Son parfum délicat et sa fraîcheur exquise.

Et qu'importe, en ce jour si loin de nous, marquise,
Puisque vous vous riez si bien de l'avenir,
Qu'importe que je sois, seul à me souvenir ?...

Vous avez la beauté de ces fleurs éphémères
Qui ne devraient s'ouvrir qu'au Pays des Chimères
Et que le rêveur seul, par les soirs de printemps,
Devrait pouvoir cueillir, à l'aube des vingt ans ;
Vous avez la beauté des tendres fleurs d'aurore
Que le premier rayon de soleil fait éclore
Et qu'un rayon plus vif aussitôt peut flétrir ;
Et moi qui ne voudrais pas voir les fleurs souffrir,
Moi qui, ce soir, de peur de la savoir souillée,
Cueillais pieusement cette rose effeuillée,
J'ai rêvé que bientôt votre altière beauté
Allait s'évanouir, telle une rose-thé
Jetée avec dédain par une main profane...

La beauté du visage en un moment se fane,
Et rien n'est immortel que la beauté du cœur.

Marquise, vos grands yeux, vos yeux pleins de langueur,
Le sourire adoré de votre lèvre rose,
Tout cela passera comme la frêle rose
Dont le parfum si doux n'a pu vous retenir,
Et je serai toujours seul à me souvenir.

XIX

POUR JANIK.

Gardez, ô Janik ! la coiffe bretonne
  Et le frais corsage au riche velours :
La coiffe sied bien à vos cheveux lourds,
Et quel air vainqueur ce velours vous donne !

Fermez votre cœur aux cœurs indiscrets,
Ne vous leurrez pas d'illusions vaines ;
Que le sang d'Arvor coule dans vos veines,
Pur comme la sève au fond des forêts.

Et gardez surtout la langue celtique,
Dont les mots d'amour ont tant de douceur...
Oh ! ce joli *sône* (1) au rythme berceur
Qu'un prêtre *gallek* (2) prit pour un cantique !...

———————————

(1) Chanson d'amour.
(2) Français.

XX

POUR UNE AUTRE

Si c'est une fleur que vous désirez,
   Soit pour l'effeuiller ou pour autre chose,
N'allez pas cueillir les bluets des prés ;
Afin d'égayer votre front morose,
Si c'est une fleur que vous désirez,
Je vous offrirai ma plus belle rose.

Si c'est un sonnet que vous désirez,
N'allez pas chercher un autre poète
Pour vanter bien haut vos cheveux dorés ;

Ma Muse, avec vous, n'est jamais muette ;
Si c'est un sonnet que vous désirez,
J'en rimerai vingt pour votre conquête.

Si c'est un baiser que vous désirez,
N'allez pas tenter un autre au village :
Je ferai toujours ce que vous voudrez,
Et, pour contenter votre cœur volage,
Si c'est un baiser que vous désirez,
Vous en aurez cent, même davantage.

Mais si c'est un cœur que vous désirez,
En voyant vos yeux, vos beaux yeux de reine,
D'autres, je suis sûr, seront enivrés ;
Vous êtes jolie, ô ma souveraine !
Mais, si c'est un cœur que vous désirez,
Le mien, vous savez, n'en vaut pas la peine...

XXI

BALLADE DE L'AMANT PERVERS.

Oui, je vous aime à la folie,
    Et ce n'est plus même un secret :
J'ai dit que vous êtes jolie,
Et, si vous voulez, je suis prêt
A tenir ce soir le fleuret
Contre qui prétend le contraire ;
Mais je suis un amant discret :
Je n'aime en vous que la Chimère !

La grâce à la vertu s'allie,
Et vous avez ce double attrait ;
En vous voyant passer j'oublie
Le chagrin dont mon cœur souffrait ;
Mais je ne fais votre portrait
Que pour le placer chez Lemerre :
C'est une « affaire d'intérêt »,
Je n'aime en vous que la Chimère.

Avec vous la mélancolie
S'éloigne et bientôt disparaît ;
Vous êtes la femme accomplie
Près de laquelle on aimerait
Venir s'asseoir sous la forêt
En berçant un rêve éphémère,
Sans bruit, sans témoins, sans apprêt :
Je n'aime en vous que la Chimère.

ENVOI.

Princesse, à quoi me servirait
De le dire à Monsieur le Maire ?
Vous-même en auriez du regret :
Je n'aime en vous que la Chimère !

XXII

« Perfide comme l'onde ».

Si tu trouves sur ton chemin,
 Ce jeune homme aux yeux pleins de flamme
Qui t'aime de toute son âme,
Oh! ne lui donne pas ta main !

Si l'artiste au regard farouche
Que tu rencontres chaque jour
Te demande un baiser d'amour,
Oh ! ne lui donne pas ta bouche !

Mais si quelque vieux est charmé
Par tes jolis airs de coquette,
Donne-lui ton cœur, ô fillette !
Ton cœur qui n'a jamais aimé !

XXIII

LA CHATELAINE.

C'est un soir enchanteur, c'est un beau soir d'automne ;
  La Châtelaine rêve au pied du vieux manoir,
Tandis que tout s'endort sur la lande bretonne ;

Elle a mis une fleur à son corsage noir,
Une fleur du village, une humble pâquerette,
Et, près du lac tranquille, elle a voulu s'asseoir.

C'est l'heure où le dernier refrain de l'alouette
Mélancoliquement s'élève vers les cieux
Sans trouver un écho sur la terre muette ;

La Châtelaine est triste ; on dirait que ses yeux,
Ses beaux grands yeux rêveurs, profonds comme son âme,
Se voilent par moments de pleurs silencieux ;

Le ciel s'empourpre, ainsi qu'une immense oriflamme,
Et, sans même admirer ce magique décor,
Regardant vaguement l'horizon qui s'enflamme,

Elle écoute mourir au loin le son du cor.

XXIV

VILLANELLE DE LA ROSE.

Pour ceux qu'étreint la névrose
  Je fis le récit suivant :
C'était une belle rose !

Elle était sans doute éclose
Au souffle embaumé du vent
Pour ceux qu'étreint la névrose ;

Elle bravait la chlorose
Qui prend les fleurs trop souvent:
C'était une belle rose;

On eût fait de sa chair rose
Une remède triomphant
Pour ceux qu'étreint la névrose;

Sa corolle était mi-close,
Comme des lèvres d'enfant :
C'était une belle rose!

Elle eût gardé, je suppose,
Son parfum jusqu'à l'avent
Pour ceux qu'étreint la névrose;

Mais voilà qu'un jour on ose
La cueillir en me bravant :
C'était une belle rose.

Depuis lors, triste et morose,
Je me console, écrivant
Pour ceux qu'étreint la névrose;

Sans doute c'est peu de chose,
Mais je répète en rêvant :
C'était une belle rose !

D'autres vous feront en prose
Un récit moins décevant
Pour ceux qu'étreint la névrose...
C'était une belle rose !...

XXV

AU MONT SAINT-MICHEL.

Au mont Saint-Michel en péril de mer,
    Nous étions venus en joyeuse bande,
Semant la gaîté le long de la lande,
Par un frais matin souriant et clair ;

Un simple regard, prompt comme un éclair,
Me jeta soudain dans un autre monde
Et je ne vis plus qu'une beauté blonde,
Séraphin du ciel ou démon d'enfer.

Etait-ce l'amour ? — Oui, car j'ai souffert ;
Un peu de mon cœur, un peu de mon rêve,
Sont restés là-bas, sur l'immense grève,
Au Mont Saint-Michel en péril de mer.

XXVI

LA BRISE.

La chanson de la brise est douce,
Douce comme une voix d'enfant ;
Plus douce que celle du vent,
Elle fait frissonner la mousse,
Dans les bois où je vais rêvant.

La chanson de la brise est tendre,
Tendre comme un refrain d'amour,
Et par la lande, chaque jour,
Je reste pensif à l'entendre
Baiser les arbres d'alentour.

La chanson de la brise est lente,
Lente comme de longs sanglots ;
Et par moments, au bord des flots,
On prendrait cette voix dolente
Pour des soupirs de matelots.

La chanson de la brise est pure,
Pure comme un premier baiser ;
Plus d'un cœur bat à se briser
Quand son mélodieux murmure
Vers le soir revient nous griser.

Brise pure, brise bretonne,
Brise douce aux bruits enivrants,
Brise lente des cœurs souffrants,
Brise de printemps ou d'automne,
Va, je t'aime et je te comprends !

Tu m'as vu bercer tous les rêves
Qu'emporta le destin moqueur ;
Oh ! fais que ton souffle vainqueur
Emporte ainsi, loin de ces grèves,
Les débris de mon pauvre cœur !

XXVII

RONDEL DE NOËL.

Le petit Jésus dans sa crèche
    Sourit en regardant les cieux ;
Un doux rayon brille en ses yeux
Et sa joue est comme une pêche ;

Tandis que le bon curé prêche
Et que tout est silencieux.
Le petit Jésus, dans sa crèche,
Sourit en regardant les cieux.

Le bœuf dans un coin se pourlèche,
L'âne a l'air grave et sérieux
Et tous les enfants curieux
Viennent voir, sur la paille fraîche,
Le petit Jésus dans sa crèche.

XXVIII

BALLADE DU CHAT NOIR.

« Les gens étaient persuadés qu'un certain comte
» de Combourg, à jambe de bois, mort depuis trois siècles, ap-
» paraissait à certaines époques, et qu'on l'avait rencontré dans
» le grand escalier de la tourelle ; sa jambe de bois se promenait
» aussi quelquefois seule avec un chat noir ».

CHATEAUBRIAND. (*Mém. d'Outre-Tombe.*)

Autrefois, m'a-t-on dit, la vieille Tour du Maure
  Etait hantée au long des nuits par un chat noir
Qui miaulait avec fureur jusqu'à l'aurore
Et logeait dans un creux en forme d'entonnoir.
Ses cris avaient rendu lugubre le manoir ;
Il terrorisait tout, du perron jusqu'au faîte ;

C'était de ce logis l'éternel trouble-fête,
Et le seigneur, un noble et hautain chevalier,
Ordonna vainement que la chasse fût faite
Du chat noir qui rôdait dans le grand escalier.

Or, l'autre jour, à l'heure où le couchant se dore,
Où la lune surgit comme un large ostensoir,
Je m'en allais tout seul errant près de la Dore ;
Mon rêve s'envolait dans le calme du soir,
Et près du vieux donjon bientôt je vins m'asseoir.
La Nature dormait recueillie et muette ;
Mais soudain j'entendis comme un cri de chouette;
Levant les yeux, surpris de ce bruit singulier,
J'entrevis vaguement l'étrange silhouette
Du chat noir qui rôdait dans le grand escalier.

Alors je m'approchai, car je doutais encore ;
Je gravis le perron, risquant vingt fois de choir,
Le silence rendait mon pas grave et sonore,
La peur m'envahissait ; mais je voulais savoir !...

Et voilà qu'en ouvrant la porte je pus voir
A deux pas devant moi la fantastique bête :
Elle était là, tout près, hideuse et maigrelette,
Je demeurai debout, cloué sur le palier,
Et depuis j'ai gardé la vision très nette
Du chat noir qui rôdait dans le grand escalier.

ENVOI.

Princesse, vous croirez que j'ai perdu la tête,
Et vous direz : Ce n'est qu'un rêve de poète !...
Mais qu'importe ? Dussé-je encor vous effrayer,
Je soutiens avoir vu l'autre nuit le squelette
Du chat noir qui rôdait dans le grand escalier !

XXIX

A MON PREMIER MAITRE.

Mon Frère, il me souvient que je fus autrefois
　　Le plus espiègle des élèves;
Il me souvient qu'au lieu d'écouter votre voix
　　Je laissais s'envoler mes rêves.

Mon Frère, il me souvient que j'arrivais souvent
　　Le dernier de tous à l'école,
Et qu'en parlant de moi vous disiez : « Cet enfant
　　Aura toujours sa tête folle !... »

Et vous disiez bien vrai, mon Frère ; car, depuis
 Que j'ai dû quitter votre classe,
Si mes rêves d'enfant déjà se sont enfuis,
 D'autres rêves ont pris leur place.

Autrefois, le matin, quand, sous les marronniers,
 Les fillettes dansaient en rondes,
Je prévoyais qu'un jour mes refrains printaniers
 Devaient chanter leurs tresses blondes.

Je m'arrêtais parfois sur la route, en rêvant
 A ma jeune et douce chimère,
Mon Frère, et c'est pourquoi je délaissais souvent
 L'arithmétique et la grammaire.

Certes, vous avez su depuis lors oublier
 Ce temps béni que je regrette,
Et les péchés commis jadis par l'écolier,
 Vous les pardonnez au poète.

Et moi qui me souviens de vos bonnes leçons,
    Moi qui vous aime et vous vénère,
J'ai voulu vous offrir une de mes chansons,
    . Comme un faible hommage, mon Frère !

Pour vous remercier sans doute il est permis
    Que ma voix aujourd'hui s'élève ;
Car, si je suis heureux d'être de vos amis,
    Je suis fier d'être votre élève !

XXX

A KERLARON.

Sur le tertre de Kerlaron
    Vivait jadis, nous dit l'histoire,
Un seigneur sans fief et sans gloire
Que le ciel avait fait baron.

Toujours superbe et fanfaron,
Ce gentilhomme peu notoire,
Sur le tertre de Kerlaron
Vivait jadis, nous dit l'histoire.

6

Or un jour il se fit larron,
Puis vendit son âme pour boire,
Et depuis lors la bande noire
Chaque nuit vient danser en rond
Sur le tertre de Kerlaron.

XXXI

Une chanson triste et jolie
  S'élevait du fond des taillis;
C'était l'âme de mon pays
Qui clamait sa mélancolie.

Je me suis arrêté souvent
Dans ma jeunesse, pour entendre
Cette chanson plaintive et tendre
Qui semblait fuir au moindre vent;

Mais en vain je laisse ma porte
Toute grande ouverte aujourd'hui;
Je n'entends rien, même la nuit :
L'âme de mon pays est morte...

MONTMARTRE

« Passant, sois moderne ! »

Devise du *Chat Noir*.

*« Au fond ce sont de braves garçons, pas du tout méchants,
et je serais flatté d'être leur oncle s'ils voulaient consentir à
soigner un peu leurs rimes... »*

FRANCISQUE SARCEY (?)

*« Seuls les Poètes du Chien Noir
Ont accès dans le promenoir. »*

FRANÇOIS COPPÉE (??)

I

BONIMENT.

Nous sommes les joyeux enfants de Tabarin :
Nous trouvant orphelins sans défense, nous prîmes
Silvestre pour tuteur et Mendès pour parrain ;
Ils nous ont enseigné l'Art merveilleux des Rimes,
Nul ne sait mieux que nous tourner un gai refrain !

Nous avons transporté nos tréteaux sur la Butte :
Nous étions las de voir le beau fleuve rouler
Ces débris dont l'odeur fétide nous rebute ;
Puis, le Pont-Neuf ayant déjà l'air de crouler,
Le poids de notre gloire eût hâté sa culbute !

Montmartre ! Pouvions-nous choisir un lieu meilleur
Pour faire aux quatre vents s'envoler par le monde
Les frondeuses chansons que nous chantons en chœur ?
Et n'est-ce pas montrer sagesse très profonde
Que de nous abriter auprès du Sacré-Cœur ?

Chaque soir de beaux yeux et des lèvres exquises
S'animent d'un sourire à nos couplets railleurs :
L'Art sait toujours charmer princesses et marquises ;
Et, par l'audace qui ne saurait plaire ailleurs,
Toutes les libertés nous les avons conquises !

Nous seuls avons le droit, au premier entretien,
De dire à la Beauté : « Je meurs si tu ne m'aimes !... »
Nous ridiculisons le mal comme le bien,
Nous nous moquons de tout, de vous et de nous-mêmes,
C'est vous dire en deux mots : « Nous ne respectons rien ! »

Notre Muse, pourtant, n'est certes pas méchante :
C'est une Montmartroise aux yeux clairs et rieurs ;
Vous ne sauriez rêver de grâce plus touchante ;
Sans doute elle voudrait que nous fussions meilleurs ;
Mais, n'y pouvant rien faire, elle sourit et chante.

Si nous blaguons Sarcey, brave homme aux blancs cheveux,
C'est qu'il s'est acharné sur nous comme un furoncle :
Nous voudrions l'aimer et combler tous ses vœux ;
Mais, pour avoir l'honneur de demeurer notre oncle,
Il semble toujours prêt à manger ses neveux.

Or nous ne voulons pas qu'on nous mange. Nous sommes
Disposés à lutter pour la Vie et pour l'Art,
Et, quand nos députés touchent de fortes sommes
Ou quand nos sénateurs deviennent gras à lard,
Nous disons poliment leur fait à ces grands hommes.

Nous aurions pu tenter de plus nobles travaux ;
Oui, sans doute, il faut bien que je le reconnaisse ;
Vous nous accorderez pourtant quelques bravos,
Non pas pour excuser nos péchés de jeunesse,
Mais pour nous engager à des péchés nouveaux.

Et nous pourrions pécher comme des hérétiques,
Vous nous applaudiriez encore une autre fois ;
Mais non, nous reviendrons à de sages pratiques,
Et, pour entretenir notre art et notre voix,
Nous passerons nos soirs à rythmer des cantiques.

Car, n'ayant rien à dire, on peut le dire en vers :
Moi-même, je n'ai plus la moindre idée en tête ;
Et je vous parlerais du *ciel bleu*, des *prés verts*,
De *l'éternel tourment qu'endure le poète*...
Mais déjà de beaux yeux me lorgnent de travers.

Mesdames et Messieurs, je tire la ficelle
Pour laisser défiler nos illustres Pantins ;
Au lieu de soutenir leur gloire qui chancelle,
Nos vers, se déroulant comme des serpentins,
Vont mettre au pilori ces casseurs de vaisselle ;

Puis, forts de notre audace et fiers d'être vainqueurs,
Un sang plus généreux faisant vibrer nos veines,
Nous saurons oublier les frivoles rancœurs
Pour laisser s'envoler en des strophes moins vaines
Toute la Poésie éparse dans nos cœurs !

II

ODE A NOTRE ONCLE.

O toi qui rendrais, par ta graisse,
  Aussi jaloux qu'une tigresse
Le plus fier chapon de la Bresse !

Toi dont l'esprit, jamais banal,
Eclaira, lumineux fanal,
Les lecteurs du *Petit Journal !*

Toi dont la barbe blanche est telle
Qu'on dirait un flot de dentelle
Adornant la lune immortelle !

Toi, le seul dont le nom pourrait
Evoquer le touchant portrait
D'un veau qui conférencierait !

Toi pour qui les pudiques vierges
Qu'engendrent nos chastes concierges
Font brûler tant et tant de cierges !

Toi le plus grand, ou le plus gros,
De ceux qui hantent les bureaux
De nos illustres *Figaros ;*

Toi dont la somnifère prose,
Dans le *Temps* parut si morose
Que *Gil Blas* même en devint rose ;

Toi qui, pour éviter les maux
Dont crèvent d'autres animaux,
Suis le régime des chameaux !

O mon très cher oncle Francisque,
On peut te comparer, sans risque,
La Tour Eiffel et l'Obélisque !

Les bourgeois sont tous attendris
De vous voir trôner sur Paris
Comme trois fastueux débris ;

Car, sans débourser forte somme,
Ils peuvent contempler en somme
Leur tour, leur pierre et leur gros homme !

Je t'aime, ô Sarcey ! mais je veux,
Moi, le dernier de tes neveux,
Que tu me fasses des aveux ;

Et d'abord, réponds-moi sans feinte :
Que fais-tu, quand le ciel se teinte,
A l'heure exquise de l'absinthe ?

Puis, vers minuit, quand les sergots
Déambulent à pas égaux
Avec des lenteurs d'escargots ?

Puis quand le passant moins farouche
Offre de partager sa couche
A quelque grue au regard louche ?

Puis quand les marlous isolés,
Pâles amants inconsolés,
Rôdent, sous les cieux désolés ?

Ah ! tu ne veux pas me répondre,
Car tu passes tes nuits à pondre
Des chroniques, pour nous confondre ;

Tu nous parles de tout, de rien,
Des devoirs du bon citoyen,
Des droits du végétarien ;

Et quand un poème s'envole
En se riant de ton école,
Tu dis : « Ce doit être un symbole !... »

Puisses-tu, l'esprit moins pervers,
Accueillir à bras grands ouverts
L'hommage de mes jeunes vers !

III

LES TROTTINS.

Les jolis trottins de la Butte
        Qu'on voit passer soirs et matins
Ont en horreur les Philistins
Dont l'arrogance les rebute ;

Moins vaut un palais qu'une hutte
Pour transformer en vrais lutins
Les jolis trottins de la Butte
Qu'on voit passer soirs et matins.

Souvent, hélas ! ils sont en butte
A des propos très libertins ;
Mais ce sont de sages trottins :
Ils ne font jamais la culbute,
Les jolis trottins de la Butte.

IV

MON OURS.

En ce temps-là je mis un ours à l'Odéon ;
  Non pas un de ces lourds joueurs d'accordéon
Qui font le gros succès des foires de village ;
Mais un bel ours polaire au superbe pelage :
En voyant sa tournure et son port élégant,
On eût dit, de très loin, le prince de Sagan.

J'aimais cet exilé des glaces éternelles,
J'avais pour le gâter des douceurs paternelles,
Ses yeux pleins de candeur, son air chaste et soumis,
Le firent admirer de mes nombreux amis :
Ils le trouvaient parfait des pieds jusqu'aux oreilles,
Nul ours ne possédait des qualités pareilles ;
Et, ravi, j'écoutais, avec autant d'émoi
Que s'il se fût agi de mon frère ou de moi.

Or ce doux animal aux allures de vierge
Effaroucha pourtant ma féroce concierge
Qui, bientôt, ne parla que de rompre les baux ;
Alors je fus trouver Messieurs Marck et Desbeaux,
Et je leur dis, d'un ton qui fit pleurer la bête :
« Prenez mon ours ! »
                                    Puis je partis courbant la tête,
Ne pouvant plus parler, les sanglots m'étouffant...

Ceux qui dans un collége ont conduit leur enfant
Comprendront seuls combien ma douleur fut profonde ;
Le destin brise ainsi tout ce que l'homme fonde,
Hélas ! et le bonheur ne peut durer toujours !

Je revins voir mon... frère au bout de quelques jours :
A mes yeux l'Odéon, rayonnant sous la nue,
Avait une splendeur jusqu'alors inconnue,
Et cette colonnade aux magiques arceaux
Devait charmer le monde entier, même les sots...

Mais — ô fragilité des choses de la terre ! —
Messieurs Marck et Desbeaux m'apprirent, sans mystère,
Que mon ours, qui reçut tant de rudes leçons
Dans un pays formé par d'éternels glaçons
Et qui bravait l'hiver le plus opiniâtre,
Etait mort, mort de froid, le soir, dans leur théâtre !

V

BALLADE EN L'HONNEUR

DE NOTRE HOTE

Dites-moi, la connaissez-vous,
  L'auberge où trône un vieux Géronte,
Où vont les poètes, les fous,
Comme des brebis à la tonte ?
C'est là que l'estomac se dompte
A digérer tous les gratins :
Il vend du cuir de mastodonte,
Le Marguery des Purotins.

De vagues relents de saindoux
Emanent des fourneaux de fonte ;
Et c'est un régal aigre-doux
Que, le cœur solide, on affronte ;
Il est plus vaniteux qu'Oronte,
Et, quand on blague ses festins,
Il a par moments la main prompte,
Le Marguery des Purotins.

Nos maîtres vinrent avant nous
A sa table s'asseoir, sans honte,
Lui proposant même, à genoux,
Leur gloire future en escompte ;
Aussi, le soir, quand il raconte
Ses souvenirs déjà lointains,
Il a des sourires d'archonte,
Le Marguery des Purotins.

ENVOI.

Prince ne suis, ni même comte ;
Mais je fais des rêves hautains :
Ah ! s'il voulait m'ouvrir un compte,
Le Marguery des Purotins !...

VI

LE PROJET GROUSSET.

« Et je n'ai point trouvé cela si ridicule »
(FRANÇOIS COPPÉE.)

Pareil à l'oiseau de la Fable
  Qui de ses cendres renaissait,
On voit renaître l'ineffable
Et fabuleux projet Grousset ;

Grousset, Paschal, veut que nos maîtres
Pour dix-neuf cents fassent creuser
Un trou profond de cinq cents mètres,
Et tous les journaux de jaser :

« Un trou si profond, pourquoi faire ?
« C'est encore un projet de fou !
« Encore une bien sale affaire !
« A quoi servirait-il, ce trou ? ... »

Ainsi, dans un concert qui semble
Plus bruyant qu'un chœur d'étourneaux,
On entend protester ensemble
Les grands et les petits journaux.

Ce projet qui paraît bizarre
Est comme un fruit encor trop vert :
Grousset, Paschal, est un Pizarre,
Qui n'a jamais rien découvert...

Mais qui peut découvrir un monde
Plus merveilleux que le Pérou ;
Accordez-lui donc une sonde,
Et qu'il puisse creuser son trou !

Cette œuvre profonde et sublime
Nous vaudra les plus grands succès :
En se penchant sur cet abîme
On sera fier d'être Français ;

Le plus joli trou de la terre,
C'est chez nous qu'on pourra le voir :
Tous les Oscars de l'Angleterre
En jauniront de désespoir ;

Et, pour terminer notre fête,
Le dernier exposant parti,
Si ce trou nous semble trop bête,
Tirons en vite un bon parti :

Nous voulons nous le rendre utile,
Jetons-y, pour qu'il soit bien plein,
Toutes les horreurs de la ville
Excepté Messieurs Coquelin.

Cachons-y ce qui nous fait honte,
Et, sans aller chercher plus loin,
Commençons par la tour de fonte :
Eiffel va vous boucher un coin !

Jetons toutes les inepties
Dans les profondeurs de ce sac,
Sans oublier les poésies
· De Montesquiou-Fézensac.

Extirpons toute chose laide
De la plus belle des cités,
Pour que les vers de Déroulède
Ne nous soient plus jamais cités !

Et même, sans être féroces,
Jetons, avec les sots auteurs,
Le régiment des vieilles rosses,
En respectant nos sénateurs.

Puis, cela fait, qu'on s'évertue
A vider chacun son gousset
Pour élever une statue
A l'illustre Paschal Grousset !

VII

CONSEIL DES MINISTRES.

A près une séance orageuse, ayant eu
L'affront de voir des gens douter de leur vertu,
Les ministres, ce soir, tiennent leur assemblée;
Tous ils auraient mis leur démission d'emblée
S'il ne se fût agi que de leur intérêt;
Car on sait qu'un ministre, en France, est toujours prêt
A se sacrifier pour la chose publique;
Ah ! ce n'est pas souvent drôle, la politique !...

Donc ils sont réunis ce soir et chacun d'eux
Parle d'un air parfois hautain, souvent piteux,
Et le premier de tous, comme il sied, le ministre
De la Guerre, évoquant le souvenir sinistre
Du Congo, du Tonkin et de Madagascar,
S'écrie avec de fiers rayons dans le regard,
Et sur un ton qui fait honneur à sa platine :
« Messieurs, prenons pitié de notre sœur latine,
« Elle souffre aujourd'hui ce que nous souffrions,
« Et voit sous le soleil ses meilleurs bataillons
« Décimés à la fois par la guerre et la fièvre ;
« Oh ! Messieurs, offrons-lui nos voitures Lefèvre !... »
Mais les autres, hélas ! ne veulent rien savoir :
L'un dit qu'il faut attendre et l'autre qu'il faut voir,
Et, profitant de tout cela pour passer outre,
Le président conclut : « Qu'est-c'que ça peut nous faire ? »

Puis arrive le tour du Ministre-Amiral :
« Mon projet est très simple et très original :
« Nos bateaux sont trop lourds, il faut qu'on les allège ;
« Nous allons remplacer tout l'acier par du liège ;
« Se ballottant au gré du flux et du reflux
« Nos cuirassés alors ne redouteront plus

« Les bords inexplorés et trompeurs de nos rades,
« Et Yann Nibor pourra chanter aux camarades
« Des vers éoliens sur un rythme léger,
« Ce qui fera le désespoir de Bérenger. »

Un gros vieux, à propos d'instruction primaire,
Voudrait tout simplement supprimer la grammaire
Car l'ignorance était bien portée en son temps,
Et lui-même est resté bête jusqu'à vingt ans;
Le président lui dit : « Vous êtes jeune encore!... »

Un autre, un doux ministre aux yeux remplis d'aurore,
Voudrait que la tribune à présent n'eût d'accès
Que pour les députés sachant parler français;
Celui-ci se morfond d'être pris pour arbitre
Par quinze cents curés tous dignes de la mitre ;
Celui-là voudrait voir nommer Monsieur Sarcey
Inspecteur des maçons, le long du quai d'Orsay;
Cet autre enfin, d'humeur étrangement folâtre,
Parle de transformer l'Odéon... en théâtre !...

Ils discutent ainsi pendant longtemps, longtemps,

Ne décidant de rien, mais au fond très contents,
Et le jour va paraître avant qu'ils se séparent.
Nul ne saura les grandes choses qu'ils préparent;
Mais ils vont en famille exposer leurs projets
Sans que l'ombre fastidieuse des budgets
Vienne dans leur ciel clair jeter son crépuscule...

Et je ne trouve point cela si ridicule.

VIII

NUNC EST BIBENDUM.

Chansonniers de la Butte
   Qui hâtez la culbute
Des Ministres puissants,
Buvez, on vous l'ordonne :
Le vin, mieux que l'or, donne
La grâce à vos accents.

La bienfaisante bière
Fait surgir de la bière
Les cœurs, quand ils sont morts ;
N'importe qu'elle vienne
De Strasbourg ou de Vienne,
Buvez-là sans remords !

Buvez surtout l'absinthe,
Liqueur magique et sainte
Qui vous emporte en chœur
Au Pays des Étoiles,
Quand la nuit tend ses toiles
Autour du Sacré-Cœur.

Que le poète Horace,
Aïeul de votre race,
Plus Gaulois que Latin,
En tout soit votre maître :
Comme lui tâchez d'être
Soûls du soir au matin !

Pour moi, je ne bois guère,
Mon vers le moins vulgaire
Ne devrait s'imprimer ;
Si je buvais, je pense
Que, pour ma récompense,
J'apprendrais à rimer !

———————

IX

PRIÈRE D'UN CONTRIBUABLE
A SON RÉVEIL.

O Mère qu'adorent les maires !
  Toi dont Faure est le nourrisson,
Toi qui fis verser à Brisson
Tant et tant de larmes amères !

O République de mon cœur
Qu'on ose appeler Marianne !
Toi qui, mieux encor que Diane,
Sais brandir le carquois vainqueur !

On dit que c'est toi qui fais naître
La Justice et la Liberté ;
Et plus d'un gueux est arrêté
Chaque jour pour le reconnaître.

On dit que c'est toi qui produis
Le poireau vert de l'Agricole,
Que sans toi les maitres d'école
Ne palmeraient point leurs habits.

On dit ta fortune si grande
Que tu donnes, pour l'amitié
Du tzar Nicolas, la moitié,
Sans nul espoir qu'il te la rende.

On dit que chaque Prétendant
N'est qu'un jouet de ta puissance,
Que sous tes pieds il se balance,
Comme une gamelle en ferblanc !

Puisque c'est toi qui nous consoles
De notre destin si cruel,
Fais donc nommer Monsieur Porel
Chef de gare des Batignolles !

Donne la sagesse aux verriers,
Leur fortune sera complète,
Puisqu'ils ont déjà la galette
Comme de simples Rességuiers.

Donne une famille nombreuse
Au père qui craint les impôts,
Donne la douceur aux sergots
Pour que la ville soit heureuse.

Au commandant Esterhazy
Fais présent d'une automobile,
Pour qu'il puisse, de ville en ville,
S'enfuir bien loin de tout souci.

Donne un théâtre à Monsieur Becque,
Donnes-en quatre à Caliban !
Aux députés, pour du ruban,
Donne de l'or, — jamais de chèque !

Mais surtout, surtout prends bien soin
De donner, prévoyante Mère,
Au duc d'Audiffret la grammaire
Dont il a si souvent besoin !

A défaut d'art ou de génie
Donne-moi des vers polissons,
Pour que je mette en mes chansons
Plus de chair et moins d'ironie.

Tâche enfin d'obtenir l'hymen
Du bon sens et du ministère,
Que tout soit au mieux sur la terre,
Et vitam æternam, Amen !...

X

CRISE MINISTÉRIELLE.

Voilà huit jours que cela dure,
   Et cela peut durer longtemps ;
On vit sur des charbons ardents,
Oubliant hiver et froidure ;
Voilà huit jours que cela dure :
Quel bon coup pour nos Prétendants !

Ohé ! ohé ! Messeigneurs Princes,
Napoléons et d'Orléans,
Votre place à tous est céans !
Sauvez Paris et vos provinces !
Ohé ! ohé ! Messeigneurs Princes,
Seriez-vous des rois-fainéants ?

Mais pas un prince de répondre !
A Bruxelles j'ai fait un bond,
Cherchant Bonaparte et Bourbon,
Criant comme un coq qui va pondre ;
Mais pas un prince de répondre :
La gamelle sent pourtant bon !

Mon roi préfère ses maîtresses
Aux vieux serviteurs tels que moi ;
Mes empereurs n'ont plus la foi,
On a fait tant de maladresses !...
Mon roi préfère ses maîtresses,
Peut-être a-t-il raison, mon roi !

Et cependant la crise est telle
Que tout est sens dessus dessous ;
Le Parlement n'est pas dissous,
Mais ce n'est qu'une bagatelle ;
Et cependant la crise est telle
Que les journaux sont à deux sous !

Qui veut être premier ministre ?
Messieurs, la place est à l'encan !
C'est un métier assez marquant :
N'est-il plus en France un seul cuistre
Qui veuille être premier ministre ?...
On ne vous dit pas jusqu'à quand.

On voulait nommer Monsieur Chose,
Venu par le dernier bateau ;
Il aurait dissipé bientôt
Le trouble dont X... est la cause ;
On voulait nommer Monsieur Chose...
Mais Rothschild a mis son véto.

Puis c'est Machin qu'on nous déterre,
Machin, ce meunier très malin,
Qui, sachant conduire un moulin,
Conduirait bien un ministère ;
C'est donc Machin qu'on nous déterre...
Mais il ne plait pas à Berlin !

Un gentilhomme se présente,
Plein de noblesse et de fierté ;
Tous les groupes l'ont accepté :
La gauche est parfois complaisante ;
Un gentilhomme se présente ..
Mais à Rome il est mal noté.

S'il peut contenter tout le monde,
Même au prix du plus grand effort,
Le futur Président est fort.
Et sa sagesse est bien profonde,
S'il peut contenter tout le monde
De Cassagnac à Rochefort.

Et Félix se dit en lui-même :
Quand tout cela va-t-il cesser ?
Pourquoi diable ne pas laisser
Ce brave homme aux plaisirs qu'il aime ?...
Et Félix se dit en lui-même :
Je voudrais pourtant bien chasser !

VILLANELLE DE LA LUNE.

Au long des nuits la blanche lune
Nous semble un bijou précieux,
Le plus clair de notre fortune ;

On croit voir une large thune
Quand on admire dans les cieux
Au long des nuits la blanche lune ;

Nous charmons la blonde et la brune
Par nos chansons dignes des dieux,
Le plus clair de notre fortune ;

Mais nous n'en rimerions aucune
Si nous n'avions devant les yeux
Au long des nuits la blanche lune ;

Seule elle écoute sans rancune
Nos vers, souvent fastidieux,
Le plus clair de notre fortune ;

Le soleil trop vif importune
Et c'est pourquoi nous aimons mieux
Au long des nuits la blanche lune ;

Car, ici comme à Pampelune,
A Rome comme à Périgueux,
Le plus clair de notre fortune,

Sur le trottoir ou sur la dune,
C'est d'avoir toujours, en tous lieux,
Au long des nuits la blanche lune ;

Cette faveur si peu commune,
C'est pour nous, les fous et les gueux·
Le plus clair de notre fortune.

Aussi je veux chanter dans une
Villanelle au rythme joyeux
Au long des nuits la blanche lune,
Le plus clair de notre fortune.

ODE A FÉLIX POTIN.

Salut, Félix ! Ton front dépasse l'obélisque !
  Car tu sais allier, mieux que l'autre Félisque,
      Le génie avec le bon sens ;
Et c'est vers toi, grand sage inconnu de la Grèce,
Que s'élève, ce soir, dans un flot d'allégresse,
      Le plus subtil de mon encens.

Lorsque *l'autre*, celui qui règne à l'Elysée,
Voit partout, dans la ville où sa gloire est usée,
      Resplendir le nom de Potin,
Il rentre en son palais, et, sous les fiers portiques,
Il éprouve, en songeant tout bas à tes boutiques,
      Des colères de cabotin.

Hélas ! je n'aurai point de rimes assez riches
Pour chanter dignement tes pruneaux en bourriches,
      Tes bons et suaves pruneaux !
Ni pour bien célébrer tes pots de confitures,
Où l'on trouve de tout, comme sur les toitures
      Où vont digérer les moineaux !

Oh ! les pâtés truffés et les saucissons d'âne !
Délices que le sort, par malheur, me condamne
      A ne devoir goûter jamais !
Oh ! les poulets, si gras que leurs cuisses, leurs ailes,
Font l'effarouchement des chastes demoiselles,
      Et l'enchantement des gourmets !

Combien de fois, le soir, à cette heure où tu dînes,
Je m'arrête devant tes boîtes de sardines
      Et tes appétissants jambons !
En poète, en flâneur, je passe et je contemple ;
Mais sans franchir jamais le seuil sacré du Temple :
      Pour les gueux ces mets sont trop bons.

Non, ce n'est point pour nous que ces choses sont faites :
Ton triomphe, prédit jadis par les prophètes,
   A pour base et pour point d'appui
Ceux qui, pauvres hier, ont eu la chance adroite
D'amasser chaque jour, prenant à gauche, à droite,
   Un petit brin du bien d'autrui ;

Ceux-là sont devenus « la Bourgeoisie honnête » :
Ils n'ont mis que cent ans à faire la conquête
   De notre pays enchanté ;
La France est devenue une « honnête Bourgeoise » ;
Paris même a suivi l'exemple de Pontoise,
   Montmartre seul a résisté.

Or ce fut toi, Félix, qui brandis l'oriflamme
De ces braves Bourgeois dont ton âme était l'âme,
   Monsieur Thiers l'a dit quelque part :
Même il prétend avoir vu des ducs en chemise,
Au nom de la noblesse à tout jamais soumise,
   S'offrir à toi comme un rempart !

O Félix ! ò Félix ! après un tel hommage,
Plus doux au cœur que tous les parfums de fromage,
          A quel honneur aspires-tu ?
Député ? Sénateur ? Ministre ?... C'est vulgaire !...
Grand-Chancelier ?... Cela ne t'honorerait guère !...
          Fais-toi nommer de l'Institut !

Quand Sardou s'éteindra, ne laissant nulle trace,
L'Académie en chœur viendra t'offrir sa place,
          Et, souriant comme un banquier,
Tu feras ton discours sans commettre de gaffe,
Si bien qu'on te priera d'enseigner l'orthographe
          A Monsieur d'Audiffret-Pasquier.

Oh ! quel triomphe alors pour cette Bourgeoisie
Qui t'entoura de soins, comme la fleur choisie
          Pour l'ornement de ses autels !
Quel bonheur ! Quelle joie ineffable et profonde,
De te voir le premier des Epiciers du monde
          Et le plus grand des Immortels !

Les héros du passé verront pâlir leur gloire ;
Ton nom dépassera tous les noms dont l'Histoire
      A consacré le souvenir ;
Et ce grand nom, vibrant dans un bruit de fanfare,
Sur le monde ébloui brillera comme un phare
      Pour émerveiller l'avenir !

O Félix ! les Bourgeois de France et de Navarre
Ont élevé, malgré leur naturel avare,
      Ce trône d'or où tu t'assieds ;
Et leur vœu le plus cher en toi se réalise,
Car, dans tout l'univers, ta gloire symbolise
      Le triomphe des Epiciers !

XIII

BALLADE EN L'HONNEUR DES VIEILLES GRUES.

Je sais que les filles honnètes,
  Pucelle, mème après vingt ans,
Choisissent des maris fort bêtes
Qu'elles font... heureux et contents ;
Je sais cela depuis longtemps,
C'est un secret qui court les rues,
Comme tous ceux des charlatans ;
Mais où donc vont les vieilles grues ?

Il n'est point de calmes retraites
Pour ces belles de l'ancien temps,
De solitudes très discrètes,
Au bord de paisibles étangs,
Où, dans les glaïeuls, par instants,
Loin des œillades incongrues,
S'épandraient leurs cheveux flottants ;
Mais où donc vont les vieilles grues ?

Elles ont à leurs jours de fêtes
Des lendemains bien attristants :
Hélas ! les vendanges sont faites !...
Dans mes rêves je les entends
Compter sur leurs doigts tremblottants,
Avec des paroles bourrues,
Leurs amoureux, tous inconstants ;
Mais où donc vont les vieilles grues ?

ENVOI.

Prince, quand les tambours battants
Annoncent les jeunes recrues,
On fait des rentes aux partants ;
Mais où donc vont les vieilles grues ?

XIV

MON AMI PIERROT.

L'autre soir je ne savais trop
    Où trouver à l'œil un bistro,
Quand je vis mon ami Pierrot;

Pierrot, pour moi, c'est plus qu'un frère;
Oh ! vous seriez bien téméraire
De vouloir prouver le contraire :

Nous nous ressemblons à ce point
Que, vêtus d'un même pourpoint,
On ne nous reconnaîtrait point ;

Et, quand je vois la face blême
De ce fou que j'aime et qui m'aime,
Je crois vraiment que c'est moi-même !...

*
* *

Il me prit vivement le bras,
Et me dit : « Viens, et tu verras
Que c'est aujourd'hui Mardi-gras !

« Viens, mon cher, c'est moi qui régale :
Nous dînerons place Pigalle,
Tu sais que nul festin n'égale

« Ceux du *Rat-Mort*, du *Rat-Vivant*,
Ni de *Thélème*, heureux couvent
Où Rabelais prêcha souvent !

« Narguons Sarcey, qui, dans sa chaire,
Dit à ceux qui font bonne chère
Que la note est toujours trop chère !

« Viens vite, nous irons après
Voir le cabaret le plus près,
Puis nous souperons chez Laprès !

« Viens ! l'Amour sera de la fête :
Liane m'a tourné la tête,
Et je vais faire sa conquête :

« Sans risquer de fades aveux
J'aurai sa bouche et ses cheveux,
Je l'aurai toute ! Je la veux !... »

*
* *

Et, chancelant comme un homme ivre,
Le cœur joyeux, j'allais le suivre,
Moi qui n'avais qu'un sou de cuivre ;

Mais je lui dis : « Sans t'offenser,
Avant de trop nous avancer,
Combien donc peux-tu dépenser ?

« Rothschild t'a-t-il fait l'avantage
De te désigner, sans partage,
Pour recueillir son héritage ?

« Je ne te connaissais encor,
O mon Pierrot, qu'un seul trésor :
Tes merveilleuses rimes d'or !... »

*
* *

Pierrot eut un triste sourire,
Si triste que je pus y lire
Sa détresse avec son délire :

« Ah ! s'écria-t-il, insensé !
Pourquoi donc ne m'as-tu laissé
Dans le Rêve où j'étais bercé ?

« Il était si joli, mon Rêve !
Oh ! la bonne, la douce trêve !
Pourquoi me la rendre si brève ?

« Rien n'est meilleur, pour me griser,
Qu'un Rêve qui vient se poser
Sur mon front, comme un long baiser :

« Grâce au Rêve je laisse en route
Tous les ennuis que je redoute,
Et je n'ai pas d'argent, sans doute ;

« Mais, trésor bien plus précieux,
J'ai plein mon cœur, j'ai plein mes yeux,
Toutes les étoiles des cieux !... »

XV

BALLADE EN L'HONNEUR
DE LA BUTTE.

Montmartre est le nombril du monde !
    Je ne sais plus quel est l'auteur
De cette maxime profonde,
Mais je suis son admirateur ;
Paris n'est pas à la hauteur,
Car, pour triompher dans la lutte,
Il lui manque l'esprit frondeur :
Le Paradis est sur la Butte !

La Seine à Paris vagabonde,
Et toujours une étrange odeur
De charogne nauséabonde
Emane de sa profondeur;
Chaque soir plus d'un maraudeur
Y fait la suprême culbute :
Voilà Paris dans sa hideur;
Le Paradis est sur la Butte !

Fuyons donc le fleuve et son onde
Fuyons ce pays de froideur !
Du haut des cieux Phébé la blonde,
Avec un sourire enchanteur,
Raille le chaste sénateur
Dont la vertu nous persécute
Du Moulin-Rouge au Sacré-Cœur :
Le Paradis est sur la Butte !

ENVOI

Prince, les Palais me font peur,
Le bruit des foules me rebute :
Paris est l'Enfer du Rêveur,
Le Paradis est sur la Butte!

XVI

LES AGENTS.

« Les agents sont de brav'gens
Qui s'baladent, qui s'baladent... »
(YON LUG.)

G loire aux Agents, gardiens fidèles
De nos lois, vieilles citadelles
Que l'univers prend pour modèles !

Gloire aux pacifiques Agents
Qui veillent, en chiens diligents,
Au repos des honnêtes gens !

La plupart viennent de Bourgogne
Et l'escargot peut, sans vergogne,
Se proclamer cousin du *cogne* ;

Ils vont, lourdement, crânement,
Usant avec acharnement
Les bottes du gouvernement ;

Jamais leur vertu ne s'égare ;
Mais, au moindre bruit de bagarre,
Ils s'esquivent sans crier gare.

Tous les pouvoirs leur sont donnés
Et pourtant ils sont étonnés
De nos gestes désordonnés ;

La musique, c'est leur délire ;
Ils pourraient pincer de la lyre :
J'en connais trois qui savent lire !

Ils ont l'air de parfaits moutons,
Mais vite ils perdent leurs doux tons
S'ils voient que nous les redoutons.

Le soir les bourgeois à la file
S'en vont des faubourgs vers la ville ;
Les Agents ont l'âme moins vile :

Et, comme des bœufs de labours,
Ils fendent la foule à rebours
Pour remonter vers les faubourgs !

Quand Déroulède les acclame
Leur regard tout à coup s'enflamme :
On jurerait qu'ils ont une âme !

Alors ils cognent au hasard,
Avec vigueur et non sans art,
Pour le triomphe de César.

Nous les blaguons en couplets rosses,
Ils pourraient, s'ils étaient féroces,
Nous répondre à grands coups de crosses ;

Mais ils se disent, entre agents,
Que nos vers ne sont outrageants
Que pour les grotesques Trajans ;

Et, le soir, ils font la cueillette
Non pas des Pierrots de Willette,
Mais des « Remparts » de la Villette ;

Et c'est pourquoi nous les plaignons
D'attraper tant et tant de « gnons »
Sur leurs trognes de Bourguignons ;

Et c'est aussi pourquoi nous prîmes,
O Muse, tout l'or de nos rimes,
Pour chanter leurs nobles escrimes !

XVII

SIX CRIMINELS.

On vient d'emprisonner six gosses,
    Six gamins de huit à douze ans ;
Ils ont tous des airs innocents :
Ce sont des malfaiteurs précoces.

Choisissant un vilain métier,
Il paraît que ces futurs hommes
Entre eux six ont volé trois pommes
A l'étalage d'un fruitier !

Ce crime appelle une vengeance ;
Par bonheur nous avons des lois
Bien plus sévères qu'autrefois
Pour punir cette affreuse engeance :

Quatre juges, deux avocats,
Vont se charger de leur affaire :
Le président le moins sévère
Ne peut hésiter sur leur cas ;

Ils ont volé, chacun l'avoue ;
Jadis on était trop clément,
On leur eût donné simplement
Un bon soufflet sur chaque joue ;

Mais nous ne sommes plus au temps
De l'erreur naïve et grossière :
Une maison pénitencière
Les recevra, jusqu'à vingt ans.

Seront-ils corrigés ? — Sans doute !
Après avoir longtemps souffert
En silence dans cet enfer
Ils suivront tous la bonne route...

A moins qu'un vague souvenir
Sur leurs âmes jetant une ombre,
Ils n'aillent tous grossir le nombre
Des Révoltés de l'Avenir...

Si les juges, pour la défense,
Me laissaient parler un moment,
Je ne dirais pas seulement :
Prenez pitié de leur enfance !...

Je ne m'étendrais pas non plus
Sur les crimes plus châtiables
De ceux qui transforment en diables
Ces jolis chérubins joufflus ;

Mais je dirais : « Messieurs les Juges,
Ces enfants aux yeux francs et bons,
N'en faites pas des vagabonds,
Sans lois, sans mœurs et sans refuges.

« Courbez-les, ne les brisez pas !
Qui, mieux que vous, peut leur apprendre
La bonne route qu'il faut prendre
Afin de marcher sans faux-pas ?

« Ils n'ont pas pris de fortes sommes
Et ne seront pas députés ;
Seraient-ils même inquiétés
Pour ce fait, s'ils étaient des hommes ?

« N'allez donc pas les condamner
A l'aube de leur existence :
Avant qu'ils fassent pénitence
Laissez-les au moins se damner ! »

XVIII

BALLADE DU PAUVRE POÈTE

En ce monde, les épiciers
  Sont tout heureux d'avoir à lire
Des romans bêtes et grossiers
Écrits par des gens en délire ;
Aux meilleurs accords de la Lyre
Préférant les « mots de la fin »,
Ils peuvent manger, boire et rire ;
Mais le Poète meurt de faim.

Oh ! bienheureux écrivassiers,
En vous lisant chacun soupire !
Il faut toujours que vous fassiez
Répandre l'encens et la myrrhe ;
Vous demeurez le point de mire
De dame Académie ; enfin
Monsieur Prudhomme vous admire...
Mais le Poète meurt de faim.

D'Ennery, le roi des caissiers,
A ses lecteurs ne peut suffire ;
Montépin, par ses devanciers
Fut volé, c'est bien triste à dire !
Monsieur George Ohnet se retire
Dans un palais vraiment divin,
Où pourtant le suit la satire ;
Mais le Poète meurt de faim.

ENVOI.

Prince, tout va de mal en pire
Dans notre siècle absurde et vain :
Sardou fait la nique à Shakspeare ;
Mais le Poète meurt de faim !

XIX

LA MILANAISE.

Elle dansait la tarentelle,
  La brune fille de Milan,
D'un air lascif et nonchalant
Qui la rendait encor plus belle.

J'en devins fou, je me rappelle,
Tant son regard était troublant :
Elle dansait la tarentelle,
La brune fille de Milan.

Sur son corsage de dentelle
Je voulus un soir, en tremblant,
Mettre un bouquet de lilas blanc ;
Mais je ne pus m'approcher d'elle :
Elle dansait la tarentelle !

XX

E finita la commedia.

Pour bercer un peu ma souffrance,
   J'ai chanté des refrains joyeux :
Pas une larme dans mes yeux
N'a trahi ma désespérance ;

Pas une plainte n'a jeté
Son ombre sur mon ironie ;
Mais la comédie est finie,
Et finie aussi ma gaîté :

Le clown ou le danseur de corde
Dont le rire est trop souvent feint
Refoule ainsi jusqu'à la fin
Les larmes dont son cœur déborde.

Je m'étais fait cette rigueur
Dont maintenant je me délivre :
Je ne veux pas signer un livre
Sans y mettre un peu de mon cœur !

Par le soir triste de décembre
Où je rythme ces derniers vers,
Des souvenirs pressants et chers
Viennent me hanter dans ma chambre.

Je songe au village natal
Perdu dans la lande bretonne,
Au village, où chacun s'étonne
De m'avoir vu « tourner si mal » ;

Jalouse encor de la Chimère
Qui mit tout un monde entre nous,
Une femme pleure à genoux
Et cette femme, c'est ma mère ;

Avec des mots pleins de douceur
On veut lui rendre confiance :
Je reconnais, dans le silence,
La voix lointaine de ma sœur ;

Fraîche et rose, une enfant babille,
Parmi les oiseaux et les fleurs,
Ne sachant rien de nos douleurs,
Et cette enfant-là, c'est ma fille !...

Comme une feuille au gré du vent ;
J'ai dû fuir la lande et la grève,
Mais je veux revoir, mieux qu'en rêve,
Ma sœur, ma mère, et mon enfant ;

C'est pourquoi j'oblige la Muse
A cacher son front sous le fard,
Pour dire aux snobs du boulevard
Une chanson qui les amuse.

Et demain, pour faire oublier
Ses premiers vers trop ironiques,
L'apprenti qui fit tant de niques
Deviendra meilleur ouvrier.

L'EXIL

Ainsi, toujours poussés vers de nouveaux rivages...

LAMARTINE.

I

Heureux celui qui part, quand l'aurore se lève,
  Sans emporter au cœur un souvenir amer;
Il ne met pas sa vie à la merci d'un rêve,
Et, dès qu'il n'entend plus les clameurs de la mer,
Il oublie à la fois la falaise et la grève !

Heureux celui qui part sans connaître les pleurs
D'une femme adorée ou d'une vieille mère ;
Il ne redoute pas les deuils et les douleurs :
Son âme peut rester fermée à la Chimère,
Mais il ne tend la main que pour cueillir des fleurs.

Et, tel un grand vaisseau voguant à pleines voiles,
Il marche droit au but qu'il atteindra demain ;
Mais combien, dans ce monde où l'ennui tend ses toiles,
Voyageurs à jamais égarés en chemin,
Passent toute leur vie à compter les étoiles !...

Bruges, 27 juillet 1898.

II

Un soir de mon adolescence
      J'eus une vision très brève
Qui causa toute ma souffrance,
Il m'en souvient comme d'un rêve :

Je vis sur de vagues prairies,
A la pâle lueur des cierges,
Passer, en longues théories,
Le chœur des Femmes et des Vierges ;

C'étaient d'abord les fortes Ames
Dont l'Evangile a dit la gloire,
Puis les faibles, les douces Femmes,
Qui vivent pour aimer et croire ;

Puis, telles des communiantes,
Sans peur, sans trouble, sans colère,
Les Vierges Sages, prévoyantes,
Dont la lampe toujours éclaire ;

Et puis enfin les Vierges Folles
Que rien ne peut rendre inquiètes,
Dont les airs légers et frivoles
Charment à jamais les poètes.

Chacune s'en allait, troublante,
Sous un long voile enveloppée,
En chantant d'une voix très lente
Une très douce mélopée.

A travers les voiles de gaze
Je vis frémir leurs seins de neige
Et je restai comme en extase,
Devant ce radieux cortège.

Dans le clair miroir des prunelles
Se reflétaient mes premiers doutes :
Toutes ces femmes étaient belles
Et je voulus les aimer toutes !...

——— ————

III

RONDEL FUNÈBRE

Le vent qui fait gémir les ifs du cimetière
    Evoque en mon esprit des souvenirs lointains;
Il m'emporte toujours vers des rêves éteints,
Et je sens par moments des pleurs à ma paupière.

Je jalouse ceux-là qui dorment sous la pierre
Et tu sera bénie, ô Mort ! si tu m'atteins :
Le vent qui fait gémir les ifs du cimetière
Evoque en mon esprit des souvenirs lointains.

Chantez ! Chantez, ô vous les heureux de la terre
Qui vivez dans la paix de vos espoirs hautains !
Chantez les soirs charmeurs et les riants matins,
Moi je veux écouter, durant ma vie entière,
Le vent qui fait gémir les ifs du cimetière !

IV

PRIÈRE DU SOIR

Ce soir, quand je lève les yeux,
Je sens, comme une ardente flamme,
S'éveiller la foi des aïeux
Qui dormait au fond de mon âme.

Je sais qu'un Dieu plein de bonté
Créa ce merveilleux domaine
Et je comprends la vanité
De la pauvre sagesse humaine.

Comment peut-on douter encor
Devant la splendeur infinie
De cet admirable décor
Dont rien ne trouble l'harmonie ?

Philosophes qui niez Dieu,
Croyant déchirer tous les voiles,
Vous n'avez pas vu le ciel bleu,
Vous n'avez pas vu les étoiles !

Avec moi tombez à genoux !
Celui qui fit cette merveille
Peut-être aura pitié de nous,
Puisque sur nous sans cesse il veille.

De tous temps ainsi qu'aujourd'hui
L'homme, dans sa fureur étrange,
A voulu tenter contre lui
L'effort pervers du mauvais ange :

Il sourit de ce vain effort :
Lui, de quelque nom qu'on le nomme.
C'est le Dieu puissant, le Dieu fort,
Qui, d'un seul geste, a créé l'homme.

O Dieu caché, je vous bénis !
Daignez, durant ma vie entière,
Du haut de vos cieux infinis,
M'éclairer de votre lumière !

Guidez mes pas, ô Dieu vivant,
Loin des sentiers fleuris du doute ;
Car je suis comme un faible enfant
Qui s'est égaré sur la route...

Maëstricht, 10 août.

V

COMMUNIANTE.

Douce fillette aux grands yeux bleus cernés de noir,
   Je t'ai vue arriver près de la Table Sainte,
Tremblante et frêle, telle une pâle hyacinthe,
Eclose avec l'aurore et morte avant le soir.

Puis je t'ai vue encore au pied du reposoir,
Tu chantais lentement, d'une voix presque éteinte,
Et ton chant s'élevait, triste comme une plainte,
Parmi les enivrants parfums de l'encensoir.

Tes compagnes passaient, jeune et riant cortège,
Et sous le voile, blanc d'une blancheur de neige,
Ton front semblait garder le sceau de la douleur ;

Et moi qui fais toujours de ces rêves étranges,
J'ai cru, pauvre mignonne, en voyant ta pâleur,
Que tu communierais ce soir avec les anges.

VI

Elle est seule, accoudée à la haute fenêtre,
Son regard est perdu là-bas, dans le lointain,
Et le plus léger bruit fait frémir tout son être.

Les jours sont envolés, où, du soir au matin,
Elle courait, avec les filles de son âge,
Troublant les jeunes gars de son rire mutin.

Oh ! les jeux qui faisaient le charme du village !
Les vieux contes naïfs et les joyeux propos
Que l'on aime à redire, au soir, à l'entourage !...

Que n'est-elle restée à garder les troupeaux,
Par la lande où vécut toujours sa vieille mère,
Pour goûter auprès d'elle un paisible repos !

Elle n'eût pas connu cette tristesse amère
Qui l'accable le long des jours, le long des nuits,
Et qui fait que l'amour lui semble une chimère ;

Car l'amour seul a pu causer tous ses ennuis :
Elle fut entraînée un soir au clair de lune
Dans un chemin bordé de bruyère et de buis ;

Au loin les rossignols chantaient dans la nuit brune,
Et les fleurs des guérets et les fleurs des taillis
Mêlaient leurs frais parfums aux brises de la dune.

Oh ! les baisers menteurs et les serments trahis !...
Un mois après, le cœur plein de mélancolie,
La pauvre enfant quittait pour jamais son pays.

Et, pendant que le traître au village l'oublie,
Elle pleure en silence, elle souffre tout bas,
Et de regrets profonds sa jeune âme est remplie.

Elle sait bien que nul ne la plaindra, là-bas,
Que c'est avec mépris que l'on parlera d'elle,
Et que ceux qui l'aimaient ne la regrettent pas...

Oh ! vous, vous que la vie entraîne à tire d'aile
Vers un bel avenir plus riant chaque jour,
Vous tous pour qui la joie est un hôte fidèle,

Dites-moi, dites-moi ce que c'est que l'amour !

MATER DOLOROSA

Je suis un naufragé de la grande tempête ;
J'avais beaucoup d'amis, je les ai tous perdus,
Mes cris de désespoir n'étant pas entendus,
Je suis demeuré seul et j'ai courbé la tête.

C'étaient les jours d'opprobre après les jours de fête ;
Mais, avec bien des pleurs vainement répandus,
Je suis venu vers toi, Mère, les bras tendus,
Et c'est la vieille Foi qui sauva le poète

Le vent souffle toujours et je suis toujours seul ;
Autour de moi la nuit s'étend comme un linceul,
Mais je vois dans les cieux resplendir une étoile ;

O Mère des Douleurs, veille sur l'Exilé !
Une brise de paix viendra gonfler sa voile,
Car il a bien souffert et tu l'as consolé.

J'ai vidé jusqu'au fond la coupe de douleur :
C'est la nuit, c'est la nuit désespérante et sombre,
La nuit, où, tel un brick démâté, l'être sombre,
La nuit dont le silence épouvante mon cœur.

Pourtant je rêve encor d'un avenir meilleur :
Cette lugubre nuit dissipera son ombre,
Pour faire soudain place à de beaux jours sans nombre
Et je ne garderai ni haine ni rancœur :

Il faut bien que j'éprouve une peine profonde,
Car je n'ai rien compris aux choses de ce monde
Hors l'ivresse du Rythme et la splendeur du Vers ;

Mais, qui peut m'arracher cette joie idéale
D'avoir mes yeux sanglants à tout jamais ouverts
Pour quelque merveilleuse aurore boréale ?

IX

CONSCRITS PRUSSIENS.

Ce matin la foule assemblée
Réveille par des cris joyeux
La délicieuse vallée
Où le Rhin coule, glorieux ;

Et dans mon âme je sens naître
Un nouveau sujet de tourments,
En regardant, de ma fenêtre,
Passer les conscrits allemands :

On les salue, on les acclame,
On les admire avec orgueil ;
Tous les regards sont pleins de flamme,
Et mon cœur seul est plein de deuil.

Rêvant de futures batailles,
Ils prennent des airs conquérants
Et s'en vont, redressant leurs tailles,
Afin de paraître plus grands ;

Leurs refrains respirent la haine
Comme ceux des conscrits français,
Et vraiment l'Alsace-Lorraine
Des deux côtés a du succès.

Ils parlent de combats atroces,
Et pourtant ces jeunes conscrits
Au fond ne sont pas plus féroces
Que ceux de Brest ou de Paris :

Et je m'afflige et je m'indigne
De les entendre et de songer
Qu'il suffira d'un simple signe
Pour les faire s'entr'égorger ;

Comme si c'était une gloire
Pour l'homme, ce roi tout-puissant,
D'illustrer à jamais l'Histoire
En trempant ses doigts dans du sang !

Dusseldorf.

X

A MA MÈRE

Ma Mère, tu vivais dans une paix sereine,
   N'ayant jamais bercé de rêves décevants;
Tu voyais ton passé renaître en tes enfants,
Tu vivais sans chagrins, sans regrets et sans haine;

Suivant toujours tout droit le chemin de l'honneur,
Tu ne connaissais pas même la calomnie;
Dans ta maison régnait le calme et l'harmonie
Et plus d'une, au village, enviait ton bonheur.

Le soir ma grande sœur nous contait des légendes,
Evoquant les héros étranges de Féval ;
Puis je m'en allais seul, vers minuit, au Grand-Val,
Voir si les korrigans dansaient leurs sarabandes.

Ah ! qui m'eût dit alors que je pourrais un jour
Troubler à tout jamais ton heureuse vieillesse,
Moi qui dus tant de fois la joie à ta tendresse,
Moi qui dus tant de fois la vie à ton amour !...

Un soir je m'exilai, comme l'enfant prodigue,
Marchant longtemps, longtemps, sans savoir où j'allais,
Et je vis une ville aux féeriques palais
Où je me reposai, tout brisé de fatigue.

Paris !... C'était la ville aux merveilles, Paris,
Dont m'avait attiré l'aimant irrésistible ;
Paris, que les Rêveurs choisissent tous pour cible,
Puisque là seulement les Rêves sont compris.

Je voulus prendre part à cette grande lutte,
Dont la vie, et parfois la gloire, sont l'enjeu ;
Et, pour ne pas mourir de faim dans ce milieu,
Je chantai des chansons joyeuses sur la Butte.

Je voyais tout là-bas l'avenir entr'ouvert,
Et mes jeunes refrains débordaient d'allégresse...
Mais un soir disparut la joie enchanteresse,
O ma Mère ! et tu sais, toi, combien j'ai souffert !

Tu sais que j'ai souffert et que toujours je souffre
Et je devrais t'écrire encore avec mon sang,
Puisque le Verbe humain n'est pas assez puissant
Pour dire tout l'effroi, toute l'horreur du Gouffre !...

Mon âme s'est souillée au contact des pervers ;
Des bandits, en riant, m'ont enseigné leurs crimes,
Et j'en ai désappris le vain métier des rimes,
Ma Mère, et je te donne, à toi, mes derniers vers !

J'ai blasphémé le Dieu que tu m'appris à craindre,
J'ai renié la foi que tu mis en mon cœur,
Et je serai demain le sceptique railleur,
Qui ne connaît les lois que pour mieux les enfreindre.

Et, malgré tout cela, tu ne m'as pas maudit :
Ton âme est un trésor de bonté maternelle,
Et, comme au temps où tu l'abritais sous ton aile,
Tu l'aimes, ton enfant que le Rêve perdit.

Tu ne m'as pas maudit ; le soir, par la fenêtre,
Tu regardes au loin si je ne reviens pas :
Au moindre bruit tu crois reconnaître mes pas ;
Mes sœurs disent: « Jamais! » et tu réponds: « Peut-être!...»

Garde cette espérance, ô ma Mère ! Un beau soir,
Ayant si bien lutté j'aurai vaincu sans doute ;
Alors il sera temps de me remettre en route,
Sous le chaume béni je reviendrai m'asseoir.

Et, comme aux jours lointains de mon heureuse enfance,
Ma Mère, j'en suis sûr, tes deux bras s'ouvriront,
Tu mettras, en pleurant, un baiser sur mon front,
Et, par ce baiser-là, je suis absous d'avance !

Londres, 17 Novembre 1898.

IX

POUR TOI

Nous avions à peine vingt ans
   Quand le prêtre unit nos deux âmes ;
Et l'amour que nous nous jurâmes
Est aussi jeune qu'en ce temps.

Et pourtant, dans ces huit années,
Nous avons versé bien des pleurs :
Est-il pour l'homme des douleurs
Que Dieu ne nous ait pas données ?

Quand je ne sais plus réprimer
Mes cris de révolte farouche,
Tu poses ton doigt sur ma bouche
Pour m'empêcher de blasphémer ;

J'oublie alors toute souffrance
En te voyant à mes côtés,
Et dans tes beaux yeux attristés
Je retrempe mon espérance.

Ah ! soutiens-moi comme un enfant !
Sois mon guide à travers la vie :
Si je t'avais toujours suivie
Nous aurions pleuré moins souvent...

Cologne, 15 Décembre 1898.

XII

L'exilé partout est seul.

LAMENNAIS

Pourquoi suis-je venu m'exiler en Hollande,
   Où l'immense prairie a des langueurs de lande,
Où les canaux sont plus calmes que nos étangs,
Où tout ce que je vois et tout ce que j'entends
Evoque en mon esprit des choses en allées ?...

Dans le bois de La Haye aux profondes allées
J'ai retrouvé des coins perdus, des coins bénis,
Où, sans effaroucher les oiseaux dans leurs nids,
Je suis venu jadis ébaucher mes poèmes ;
Les bois mystérieux sont donc partout les mêmes,
Partout les mêmes fleurs naissent dans leurs buissons,
Partout ils sont bercés par les mêmes chansons,
Et partout l'exilé trouve sous leur ombrage
Un regret qui l'opresse et qui le décourage !

J'ai tenté d'éloigner ce souvenir amer,
Mais, en quittant le bois, je rencontre la mer
Et je me sens plus triste encor sur cette grève.

Pourquoi suis-je venu dans ce pays de rêve ?...

Pourtant, s'il est écrit que je doive, en tous lieux,

Sentir battre mon cœur et se mouiller mes yeux,
Peut-être vaut-il mieux planter ici ma tente :
L'inconnu, désormais, n'a plus rien qui me tente,
Et ce pays de prés, de canaux, de taillis,
Je l'aime déjà presque autant que mon pays.

Oui, je veux vivre ici, parmi ces hommes graves,
Seul peuple ayant osé construire des entraves
Que vainement les flots s'acharnent à briser :
Leur exemple pourra m'apprendre à maîtriser
L'orage intérieur qui me trouble sans cesse.

O Nature impassible ! ô belle enchanteresse !
Toi qui connais si bien mon cœur, toi qui, ce soir,
Viens m'apporter encore une lueur d'espoir
Pour que ma nostalgie en soit moins douloureuse,
O Nature bénie ! ô mère généreuse,
Répands sur moi l'oubli, le silence et la paix !
Fais que ta mer farouche et que tes bois épais
Rajeunissent mon âme et la rendent plus forte.

Et, puisque le Passé n'est qu'une chose morte,
Laisse-moi dans tes bras puiser la volupté
D'attendre l'Avenir avec sérénité !

Schéveningue 3 avril 1899.

Table.

TABLE

MONTMARTRE

TABLE 195

L'Exil

Gedrukt te Gent den 31en Mei 1899

ter Boek- en Steendrukkerij

V. Roegiers-Van Schoorisse

Korte Kruisstraat 1.

Gent (Belgie).

www.ingramcontent.com/pod-product-compliance
Lightning Source LLC
Chambersburg PA
CBHW070840030726
47504CB00005B/1168